CICATRICE

DISCOVER

Merci à celles et ceux qui ont lu cette histoire
à tous les stades de sa gestation…

à Jean-Sébastien Goovaerts pour les dialogues,
Denis Larue et Pierre Pourbaix pour le portfolio,
Jean-François Rees, gardien des abysses,
Maurice, Clifton, Seccotine, Léa, Kiki,
Monsieur Roger, coiffeur pour dames, et Madame Francine,
Chantal, Jules, Emilie, Clémentine et… Gisèle ?

Label Discover

www.paquet.li

1ère édition
ISBN: 978-2-88890-181-5
Dépôt légal: Mai 2007
Printed in Belgium by Proost

CICATRICE

Textes et dessins de Marc Sevrin
Dialogues de Jean-Sébastien Goovaerts
Couleurs de Alexandre de la Serna

ProLéoMènes.

DEPUIS LA FRONTIÈRE FRANÇAISE JUSQUE NAMUR, LA MEUSE PRÉSENTE TOUT UN CHAPELET D'ÎLES DONT BEAUCOUP ONT GARDÉ LEUR CARACTÈRE SAUVAGE D'AUTREFOIS.

GUIDE MICHELIN, BENELUX, PARIS, 1954.

COMME EN TÉMOIGNENT LES SOMPTUEUSES VILLAS BORDANT LE FLEUVE, LA RÉGION EST UN ANCIEN LIEU DE VILLÉGIATURE OÙ LA BOURGEOISIE NAMUROISE VENAIT JADIS LE DIMANCHE POUR JOUIR DU GRAND AIR.

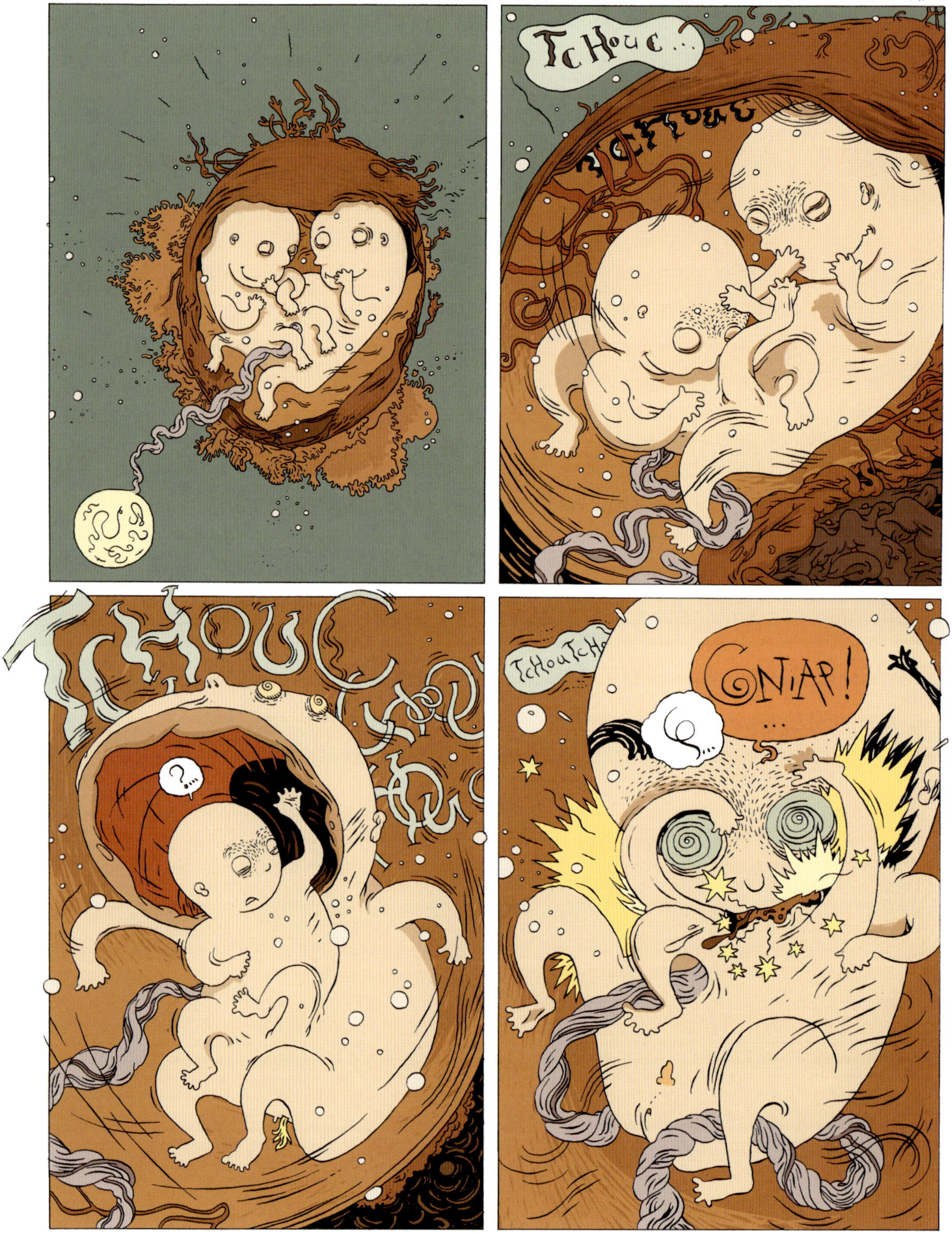

L'ILE SUIT UNE LÉGERE COURBE DE LA MEUSE. LA PASSE NAVIGUABLE LONGE LA RIVE OUEST DE L'ILE, LE BRAS ÉTANT DESTINÉ À ÊTRE AMÉNAGÉ EN FRAYERE.

C'EST LE PAYS DES GROTTES MYSTÉRIEUSES. DES VILLAGES PIMPANTS ATTÉNUENT LE CARACTERE APRE ET SAUVAGE DE LA NATURE : AUTANT DE STATIONS QUI FONT LES DÉLICES DES BELGES EN VACANCES.

MEUSE (Vallée de la) ★★

fig II
① ②
Jonas, quand tu parles, c'est beau comme dans les livres !
...et attends, ce n'est pas tout : là, tu enfiles ton asticot par le gros bout ... HOP ... d'un coup sec !
C'est très vilain de mentir...
hips
DINGUELINGLINGLING
Tiens, qui voilà ?!
... gueling ... gling digling ...
Bonjôôur
Hic
Hic
Hic
Bonjour, Jonas... euh... as-tu des nouvelles de mon Kiki ? ...
Hélas, non, Emilie, toujours rien ... désolé ...
Ah ... bon, tant pis ...
Hic

Courage EMiLie, pensez à notre Seigneur sur la croix !
Au revoir, JoNas ...
... oui, oui ... au-revoir, Monsieur le curé ... et merci.
À votre service.
Diling Gling
Tudieu, c'est sûrement le sixième animal qui disparaît, ce mois-ci !...
Pauvre vieille ...
LES POISSONS
LUXO
Et ce n'est pas tout, vous connaissez Gisèle, hmm ? qui fait mon ménage ...
ben oui !
et son perroquet ?
un peu moins bien, je vous le confesse ...
Et bien tant pis pour vous, car il a disparu lui aussi ...
Et ça vous fait rire ?
... certes oui, c'est plutôt un grand soulagement ... il n'y avait que Gisèle pour apprécier la compagnie de cet insupportable psittacidé blasphémateur. Et devinez qui disparaît au même instant ?... GISELE ! é-va-po-rée. pfuiiit, plus de nouvelles ...
Hic
Hic
Hic
Hic
... Dites, ... ils ont une drôle de gueule, vos asticots ...

C'est normal, j'ai ajouté quelques gouttes d'anis : regardez – les frétiller ! C'est indécent non ?
'Supportent pas l'alcool, ces bestiaux – là !
Hic
Eh bien, allons de ce pas taquiner l'ablette !
DinGueLinguelimo
33
ARTICLES Pêche
Ah! Ah!
Taquiner l'ablette ? C'est permis aux curés ça ?
Hic Hic Hic
Crétin !
Dis donc, Gisèle, elle est toujours aussi ... euh ... volage ?
Ouh là oui ! Elle a encore de beaux restes, tu sais, et ... quelle santé !
Ah bon ! parce que ... toi aussi ?
mmh ... la chair est faible ...
Tu sais bien ce qu'on dit chez nous, hein, Léo ... ?
Heu... ben, à Bruxelles on dit... « Il n'y a que le tram qui lui soit pas passé dessus. » ... c'est ça ?
Ouiiiii... sauf qu'ici ...
...il n'y a pas de tram... on circule en train... oh Ohoh ..hum pardon... je... je deviens trivial. C'est l'âge.

Wif...
Wif...
Salut Maurice,
ça gaze ?
?
hmmmpf!...
pof
pof
pof

Chapitre I

Les Rendez-vous Nocturnes

Chica chica... Aïe Aïe Aïe
chica chica... Aïe Aïe Aïe
HOTEL
Auberge du Beau Rivage
Restaurant
Pension
PRIVÉ
HOTEL
coin
coin
coin
floup
floup
flic
Tchica Tchica
Tchi
tchi
Tchi
Beau Rivage
HOTEL
Aïe, aïe. Aïe..
... mi Amor
ta ga dap...

doup doup...
...kaboum !
et... hop !
Hmmm... c'est l'heure.
CLIC !
Tchica tchi... mi coco... mi coco mi corrazon !

Sloutmik

SPoutnik
Bodom...
Bodom...
clic
SPoutnik
Dziiiii

clic
clic ...
DZZiii

bizzzzz

Hô! C'est pour moi, ce baiser enflam (hips)... ...flammé, Léopold?
hic
(hips) T'envoies des bises aux passants ... tu badigeonnes ta barque de boue... tu as de ces passe-temps...
...enfin bon, t'es en vacances, tu fais ce que tu veux, hein. (hips)
Quoi?
de la boue? Dans ma barque? Attends, j'arrive.
hips
Nom de c'est quoi ce foutoir, y a de la vase partout!
Dis mon cochon, tu n'irais pas picoler dans ma barque?
Oh... la vilaine... (hips) accusation!
bzzz
Sale petit citadin prétentieux...
Je ne sais pas ce qui me retient de t'envoyer une (hips)... cartache dans ta tronche!

Votre ombre, chaque jour portée dans ma chambre, m'éclaire...

Malgré les eaux qui nous séparent, je sens la douceur de votre peau...

"(Oulà, il faut que je me contrôle, elle va me prendre pour un érotomaniaque délirant...)"

«... courir jusqu'à vos murs et prendre votre bâtisse d'assaut.»

«... Douces illusions qui tardent trop à se réaliser.» Hmmm, c'est beau, ça !...

...'porterai ça demain....!
Je dors déjà. ...
...
Rôn
Rôn
Tchouc
Tchouc
Tchouc
Rôn
RRÔÔN ...
Hic
coin
TCHOUC
HAA
Rôn..?

Tchouc...
ROY ROGERS
UNDING
START
Tchouc
...

Hic
Watson
Tic Tic Tic Tic...
CROUiii..
Tic Tic Tic Tic Tic

Chapitre II

L'étrange compagnon des abysses...

...ou Léo apprend à enfiler un asticot

Aujourd'hui, le temps sera variable...
... avec une alternance de passages nuageux et d'éclaircies entrecoupées d'averses... ding... ...et maintenant...
PLot
PLof
PLof
place à notre émission quotidienne: "Le choix de l'Auditeur" Pour Mademoiselle EMILIE, de Wépion qui attend son petit Kiki à la maison: "Reviens, Kiki..." Nous lui dédions cette admirable chanson, hymne à la patience... Musique !...
Z'attendrai leu zour et la nouit, Z'attendrai touzours ton reutour... Crîîîî

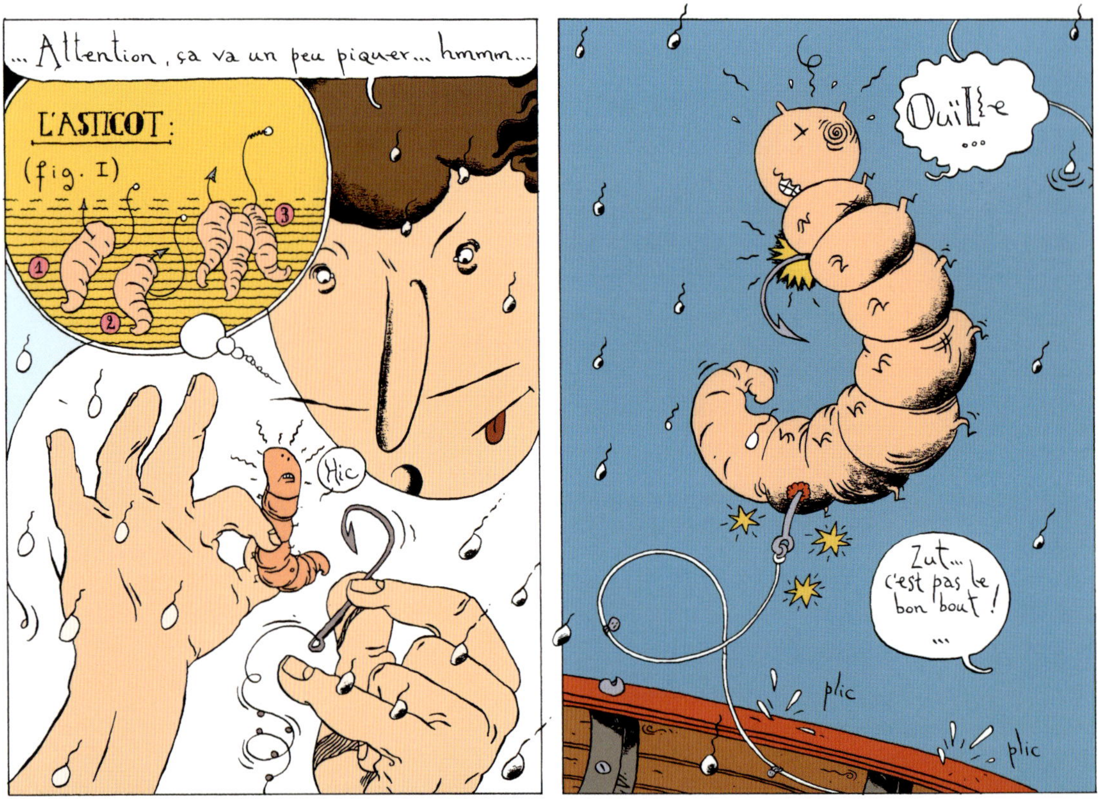
... Attention, ça va un peu piquer... hmmm...
L'ASTICOT :
(fig. I)
1
2
3
Hic
Ouïl-e
...
Zut... c'est pas le bon bout ! ...
plic
plic

ding
...tant pis !
et hop
Z'attendrai
Qu'un noiseau qui s'anfoui...
LÉOPOLD
plof
blub
blob
Hic
Coin..

Vint chercher l'oubli...
dans son nid...
plitch
Léopold
slouch

Oh!

Sapristi, mon Léo... Quel beau garçon tu es devenu ...
Maman... ce... c'est toi ?
bLob

Ma Môman à moi ... ben ça pour une surprise c'est une surprise ...
Youpie Qu'est ce que je suis content alors !
Poum
Tu n'es plus fâchée ?
Mais enfin, mon chéri, où as-tu été chercher celà? Je n'ai jamais été fâchée ...
Le seul à être fâché, c'est toi ...
Dis-moi, mon petit, es-tu heureux ?
oui.
Ne mens pas !
Euh...
non...

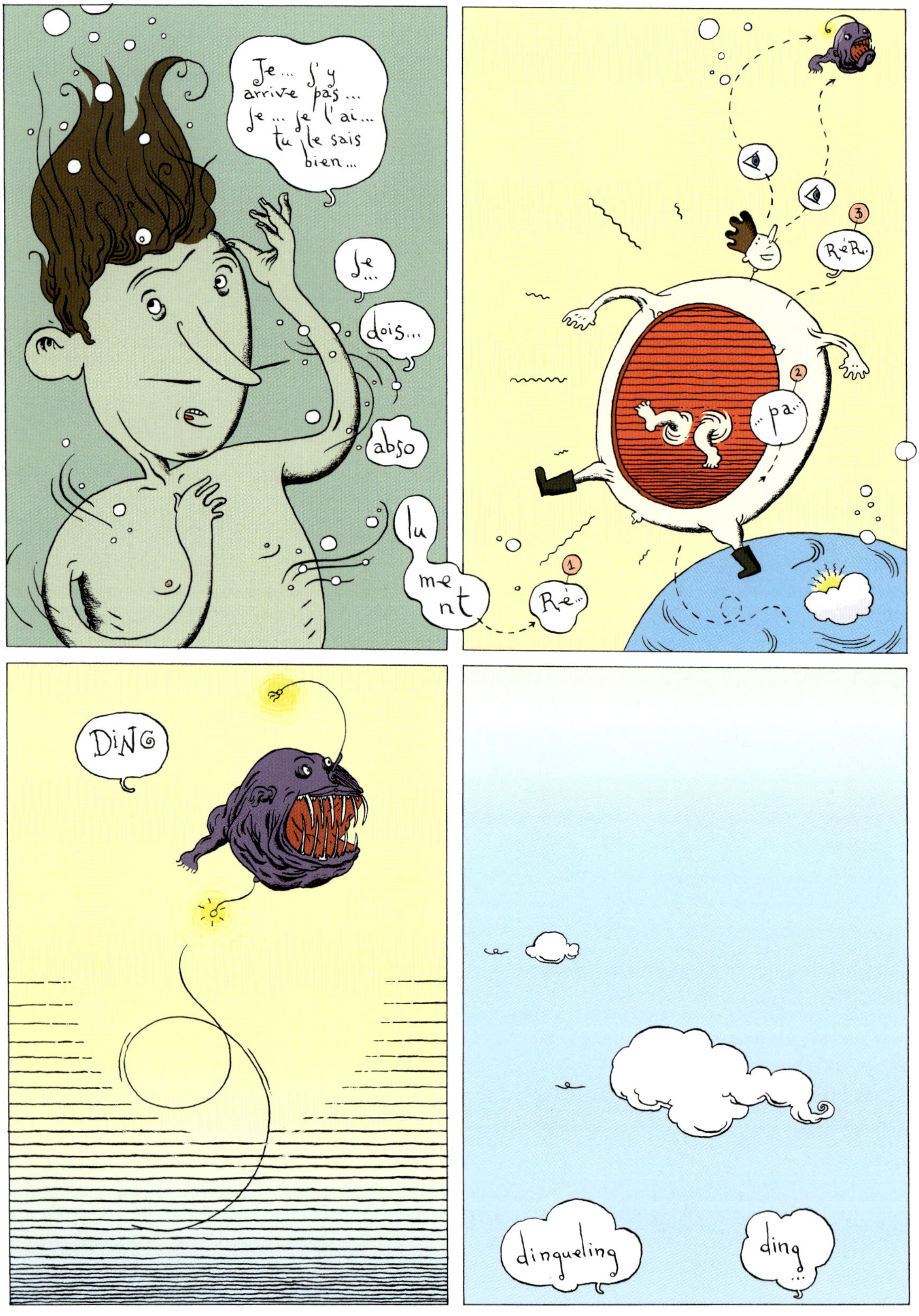
Je... j'y arrive pas... je... je l'ai... tu le sais bien...
Je...
dois...
abso
lu
me
nt
Ré...
...pa...
RéR..
DiNG
dinqueling
ding
...

... dans mon coeur si lourd ... et pourtant, z' attendrai touzooûûr ton retooûûûrr...

Ohé?
Ah, Monsieur le Comte!
?
Alors, mon cher, on braconne ... ?
hmmm?
canaille...
... et ce petit pélérinage au pays, Léopold: ... positif ?
... pas d'ombre au tableau?
ding
Plitch
Platch
Comme le dit l'adage: « La Voie claire est obscure; elle ne s'exhibe pas, c'est pourquoi elle brille... »
Eh oui, on est bien peu de chose...
Si vous allez par là, allons-y de conserve...
... de canard!
Quelle répartie, Léopold, je ris aux éclats.

… la maison de vos parents, elle est occupée, maintenant ! 'Saviez ça, cher ami ?
Ah… euh… oui …oui, oui …
Mademoiselle Hô…
… une artiste, à ce qu'on dit… malheureux …
STOP
Reux …
Reuh. …
Trapéziste ! Je vous jure, il y a de ces passions… vertigineuses …
Reuh …
Reuh.
ding
Ah bon !
Trapéziste…
Hmmm…
Belle femme, jadis…
Jusqu'à ce que son amant la laisse tomber et que les fauves lui…
DubôON dû FRaaîîs
GRRR…
Tiens, voilà l'"Homme-Légume"…
Quatre SaisoNs …

...et... euh... elle vit seule ?
Tout ce qu'il y a de plus seule, mon cher, dans cette belle et mystérieuse demeure aux suaves fragrances du jasmin d'Asie mêlés de sental ...
ding
Ah bon, tout ça ?
Ouais, ils sont frais mes légumes, ça fait quaranteans que vous me posez la question, ça commence à bien faire !
On ne sait jamais... je... snif, pardon ...
Raaah v'là qu'elle chiale, en plus !
Hôôôô bonjour Monsieur le Comte, bonjour, Léopold ...
duubon dufraais !
Snif ...
54.
22
CHAMPI
PATATES
Rô
FRBLL...
Mes civilités, mon ami...
Mais, Clémentine, tu es toute triste ?!
?
... mon Maurice, on l'a enlevé hier !
Snif
On n'a retrouvé que sa balle ...
57

DISPARUS :
1. Kiki.
2. Maurice.
3. Les poulets du boucher.
4. Minet
5. Clifton
6. Félix
etc...
bzzz
Hum, hmm... triste époque...
Reuh...
certes...
Dûûû... Bôôôn du Frais.
R...?!
?
Je vous le demande, moi... qui peut s'amuser à faire du mal à ces pauvres petites bêtes, hein ?... un renard,... un malveillant ou un... ZORRO... un ZOO... machin ?
Poum
P...
Poum
un Zoophile !
eh bien, si c'est un Zoôôô... chose-là, alors, Poum, Kaboum !!
Sachez, pour votre gouverne, que trucider un être de sang demande plus de cran que de dépotter un végétal...
Rôôôô 'même pas vrai, je peux dépotter un Zoophile quand j'veux...
... Seigneur Jésus... un Zoophile... AAAA... Turpitudes... turpitudes !

dinG
Grumf... mais toi aussi tu étais zoo... chose quand tu étais petit ! Pas vrai, Léopold ? ...
Oh, mais alors, Gisèle ...
Reuh ...
Mais NON, voyons...
... Léo était somnambule, pas zoophile. N'est-ce pas, Léopold ?
Hâââ... miséricorde ...!
... à cause du bruit du train qui passait derrière ta chambre hein ... tu vois que je me rappelle bien !
hmm... c'est fini, tout ça !
Parle-moi un peu de toi, mon grand ; tu es bien installé, à l'hôtel ? ça ne te fait pas trop bizarre, juste en face de la maison où tu es né ? Elle en a connu, tu sais, des changements ! houlà !
Oui, on m'en a touché un mot ...
Ah oui !... Monsieur le comte, sans doute...
DRING
dring
dring
dring
dring

Une lettre pour vous, M'sieur Léopold ...
dreling
dreling
Pout
Pout
Oooooh, tout doux, ma belle !
Pout
Pout
Hiiii...
'Sent ouchtement bon, votre courrier... je ne dirais pas de même de vos asticots...
?
Ah non, Monsieur le curé, aucune lettre de Gisèle...
Pout
Pout
Pout
Pout
Héhé, il rougit, notre Léo, hein, Clémentine ?
Huhu... je l'avais bien deviné, qu'il fréquentait ! ...
Damnation ... Gisèle !... Noon, pas avec un zoophile... !
À votre service !
... ben... le voilà qui oublie ses...
Hmmm
Ho, Léo ! TES LÉGUMES !

Dùùûbon dùùfrais !
HOTEL
BEAU RIVAGE
BEAU-RIVAG

Chapitre III

Phase spatio-temporelle...

Tchica ...
Tchica
Tchica
Aïe aïe aïe
hmmm ...

Tchica Tchica Tchi aïe, aïe...
...aïe.
Rrôn...
BoDoM BoDoM...
Mi coco ...
...mi coco...
Miiii CORRAZON!
BLANKENBERGH
(HET STRAND)

Waf!
...
RRRÔÔN... RR...
Waf?!!
...
?
miaou
miaou
WAF

...?!
Waf
Wif
Wouf
HA!
Waf
Wif
Ha!
TCHOU
TCHOOU
TCHOU TCHOU

Tic Tic Tic...
Watson
Tic Tic Tic...
Tic Tic Tic Tic...

?
....
葉
Hîîîî!
本

Monsieur Léopold...
Haaaa... Où m'emmenez-vous ? Au secours, Monsieur Léopold...
Hiiiii
HA!
CRAC
Mademoiselle Hô ?

Auberge du beau rivage
HOTEL
HOTEL
COIN

Private
Mademoiselle Hô !!!
Nom de tchou...
floc
floc
Au secours, Monsieur Léopold...

Plouf...
Courage, j'arrive !...
Ouvrez-moi !
Toc
Toc
Mademoiselle Hô !...

HAN!
BôM
ouille!

CLIC
Oups !

Saperlipopette! (ça pique)
Allons, Léopold, du courage!... ...de l'abnégation!
Mademoiselle Hô? vous, vous cachez ?...
Ouh, ouh, Mademoiselle !...
Plic
OUPS...
GAW

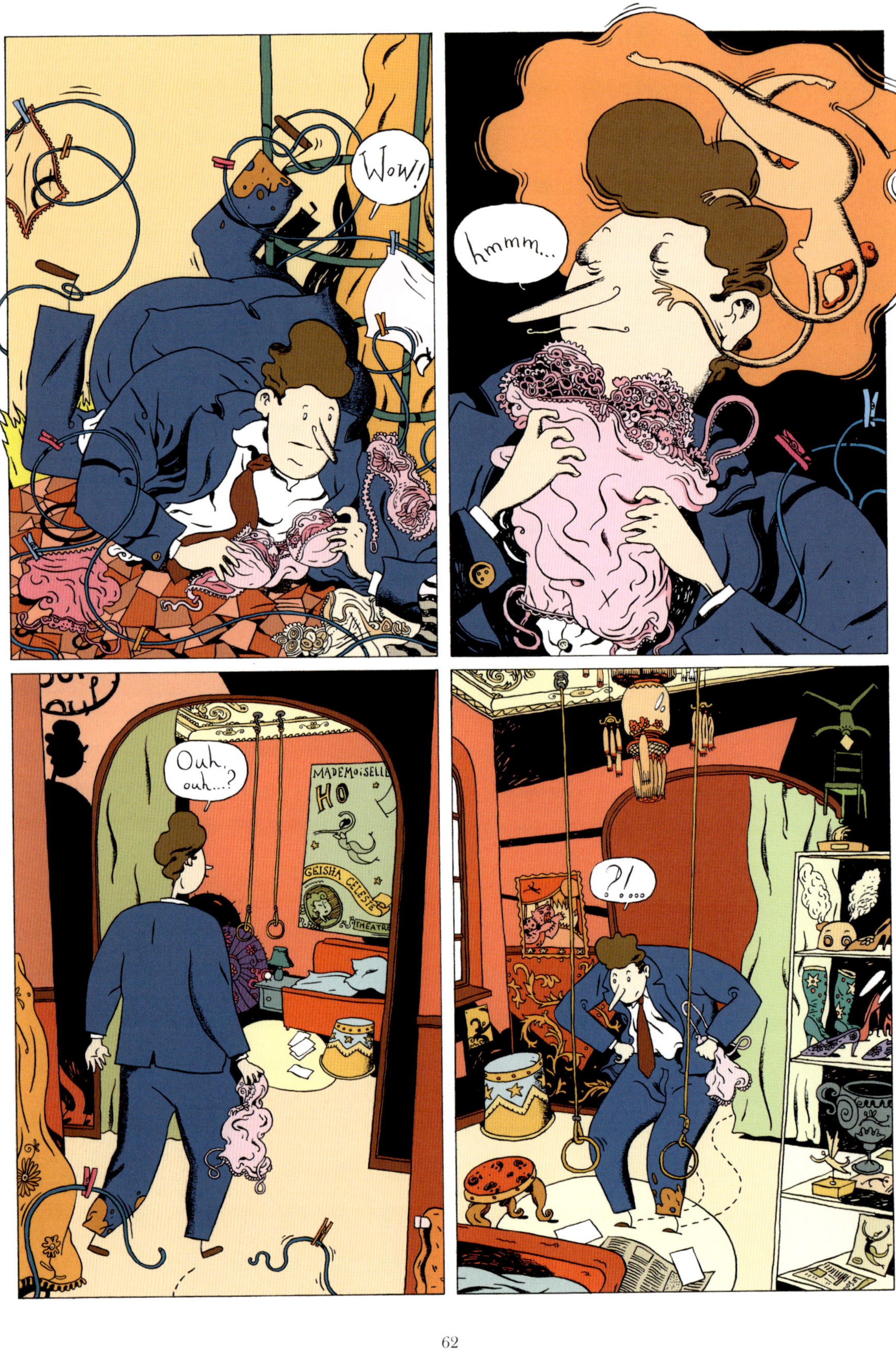
Wow!
hmmm...
Ouh, ouh...?
MADEMOISELLE
HO
GEISHA CELESTE
THEATRE
?!...

HOTE
PILS
dinqueling
GLING...
Proet...
VROOOAR...
VROOOM...
VROOOAP
ENFIELD
Café
Café
chez Lucienne
diling
GLING
DILING
DILING

Proutte
Tchouc
Tchouc
dinguelinG
dinguelinG
PoF
VROOAP
GueLinG...
QUI ?
POTINS
TRAPEZISTE
DÉVORÉE !
Star
destin brisé
LE SOIR
WALLONIE
Chute tragique dans la cage aux fauves.
Mademoiselle Hô
A MOITIE DEVOREE PAR LES TIGRES.
EUX À LA SCENE
TUNNEL FERME
embarras circulation BRUXELLES
工潮拖年累月
局主席麥加宣佈McGregor
削減二萬一千個職位，關閉
EDITION ★★★
Repubblica
Trapezista patatra i par los tigros a demi bouffata!

VROôAP.
Tchouc...
Oueline...
...dine.
TcHoucouTcHoun...
STOP, Marcel!
Tutâât...
VRRRR...
Tûaât...
VRRRRR...
VROÔAP
TCHOUC...
HA! ...

Mademoiselle Hô...
IIIRK
CAFÉ
VR
DooAP

Ma... Mademoiselle Hô ?!!...
Hô
Hô
Hô
VROAP...
Proet
À L'AIDE !
Au secours... on enlève Mademoiselle Hô...
...C'est un KIDNAPPING !...
...un rapt...
STOP

PROOT
PROOT
HOP !
PLOUF...

Bon débarras !
?!
BLOB
Clac
PoF
PôF

BROUM
Pout-ô
À l'aide... Rattrapez-le !
Saligaud !
À L'...

HA HA...
HAAA
AAAAAAAAH
AAAAAAAAAA...

Chapitre IV

L'Effroyable révélation

WiF
SNiF
SNiF
GRRR
SNiF
...
?
WiF
...
SNiF
MiAM
MiAM
...
WaF
HiHiHiHi...

MWOUIF
...
Snif...
WIF!
...
MON KIKI!
Je savais que tu reviendrais!
...
Mais!
...

Saperlotte... qu'est-ce qu'il me ramène-là, le voleur ?!...
Aaaah mais ça ne va pas du tout ...il nous faut immédiatement rendre ce gigot à Monsieur le boucher ...
WiF
RIE
TABAC
A cette heure-ci il doit encore travailler dans son atelier. Dépêchons-nous ...
fripon, va !
PiN...
...PoN
HAhàà... sale gueule, ton délinquant, Emilie...
WaF
Ah là là ...
chez Jean-Marie
BOUCHERIE - CHARCUTERIE
PiN PoN

Oh, ne te moque pas, Jean-Marie ... On est venu pour s'excuser ... on veut même bien payer les dégats. ...
Mouais...
... tournera mal, ce clébard, Emilie ... non seulement il s'affiche avec une poule ... que je crois reconnaître ... hmmm ...
GRAT
mais en plus, ce zazou chaparde un gigot ... Wahàhà ... et un gigot tatoué ... d'une fleur! Huhuhu ...
Un sacré braconnier, ce clébard!
... une rose ... Hohoho, une ... NOM d'une Pipe! ... Cette rose ... on dirait ... Gloups ... on dirait ...

PIN PON
PIN PON
Apparemment il y a là de très nombreux débris humains, chef !
et aussi des plumes, patron !
Vous êtes perspicace, mon chou !

C'est une sorte de mélange compact humain ~animal ...
Vous pensez que ça pourrait être un mutant ?
Vous imaginez, chef, un être hybride, créé par un scientifique déséquilibré...
Alors, la bestiole s'évade... lorsqu'elle passe sur la voie ferrée, le train approche... la part d'animalité de la créature la force à regarder les phares de la locomotive ...
...elle est comme hypnotisée ... et PAF !
... dans la gueule ! !
Vous vous emportez trop, mon p'tit ... je vous le répète : faites usage de la méthode ... seule la méthode peut vaincre la sombre machinerie du CRIME.
Aaah ouais, chef merde, la méthode ... j'avais oublié ...
Café
Par exemple, vous voyez l'activité de l'autre côté de la rive ?
Ah bin oui ... on intervient ?

Justement, non, on n'intervient pas... un crime à la fois et chacun son secteur ...
C'est ça avoir de la méthode ...
HOTEL

« De toute manière, ça ne peut pas être plus le foutoir là-bas qu'ici... »

FRONT
FRONT
?!
BACK
BACK

Pof...
Mon petit Léopold ? ...
Secoue-toi !
Bouge tes fesses, bordel !
Hein ?

Il est temps d'en finir, n'est-ce pas ?
Oui...
... Bien !... Alors, suis-moi !...
CLÖNK
Tu nous a donné du fil à retordre, Léopold ...
Oui
T'es un vrai torturé, Léopold ...
Oui
Ah ben c'est bien, tu t'en rends compte ...

Allez, grouille ...on n'a pas toute la vie ...
c'est court, une vie ...
... on approche ...

L'endroit ne te semble-t-il pas familier ?
Regarde... ça va certainement clarifier les choses...
Wat
HA
... et oui... c'est toi qui a chapardé la trapéziste ...
HiHi
本
...étonnant n'est-ce pas ?

Et les animaux disparus...
c'était toi aussi... Ah la la...
Quelle panade tu nous as fait!!!
Tic Tic Tic Tic Tic...
Tic Tic Tic
Watson
CROUIII...
T'as du mou dans la tête, mon p'tit père...
HA!
... et ça ne peut plus durer... désolé...
...

Chapitre V

Charcuterie - Algolagnie

Hé...
Ho!
Hé...
Hé, les gars, j'ai à vous parler avant que les poulets n'arrivent!...
Qu'est-ce que t'as encore fait ?
...je déconne pas, là!
oh ?!
Ce que je vais raconter ne convient pas à des oreilles chastes.
Monsieur le curé, Clémentine, hors du rang, s'il vous plaît!...
Peuh... Communiste!
BZZZ
bZZZ
BZZZ

hips
...
La Poste

...?
Pof

Puutain... t'as vu ça, Léo ?
Miam
Léo ?
!
Nom de... Léo !
!

flitch...
floutch...
?
floutch...
flitch...
Bonsoir, Monsieur le Comte...
...vous ne semblez pas être heureux de me voir...
...après toutes ces années...
!?
Tap Tap
floTch
...on a replongé, hmm?

Atchaaa! ...
À vos souhaits, monsieur le Comte...
Dites, Patron ...
Quoi encore, mon chou ?
Franchement, il y a toujours de l'ambiance là en-face... ce serait pas une émeute rurale ?
Nom d'une pipe, tu commences à me courir sur le haricot...
Vous fâchez pas ...
... j'ai pas fait exprès
Qu'est-ce que je t'ai dit tout à l'heure ?... chacun s'occupe de SON potager !!
Pigé ?
Bon... revenons-en à notre affaire, Monsieur le Comte... c'est amusant n'est-ce pas, vingt ans après vos exploits, il y a à nouveau de l'agitation devant cette somptueuse demeure... Hmmm... Aah... « Clystère et ses Naïades »...
CHEZ CLYSTÈRE
Snif
Foutez-moi la paix !
...ça titille vos souvenirs, ça, hmmm ?

Vingt ans... Ah la la... comme le temps passe... Je vous vois encore sur le balcon... étranglant gaillardement cette jeune fille...
Ouille!
...comment s'appelait-elle encore?
Ah oui... Gisèle...
Sans notre intervention, vous vous retrouviez avec un cadavre sur les bras... c'est embarrassant, un cadavre... 'faut le découper, éparpiller les morceaux... vous voyez le tableau?...
Ouille
Ouille
Ouille
Euh... Patron?...
En tout cas, vos amis de la bonne société vous ont bien sorti de là... mon intervention me valut un formidable emploi à la circulation... et dans une métropole qui plus est!
BELGAVOX
...Patron... je dépose la malle où?...
Bah... j'étais jeune... oublions cela, c'est du passé.
Ichi, mon chou!

Bon, trêve de bavardage...
Ça c'est de la bidoche, hein! Et elle, a un petit nom, la bidoche! Hein? Elle s'appelle comment, la bidoche?
Ho!
Tu vas parler, ordure!
Je... je... c'est...
Café
Tu tu tu tut... Taisez-vous, je ne veux rien savoir!
Hein?!
Cette histoire ne concerne que vous...
... enfin... vous et Gisèle...
Allez, circulez monsieur le Comte...
Et vite!

...Monsieur le Comte...
...bonjour chez vous !
G...

G... Gisèle ...

Chapitre VI

La Nuit des Néréides

Où … où suis-je … ?

… Enfin … chez moi, quoi !
Oh, commence pas à geindre … tu es au plus Haut des cieux …

De toute façon, t'es plus là pour faire du tourisme ...
Le temps presse.
Bon, écoute, maman arrête pas d'angoisser à ton sujet ...
... et moi, j'aime pas quand on angoisse maman.
Oui, tu t'es nourri de mon foetus, où est le problème?
t'as qu'à assumer, mon pote, digère ma moitié inférieure et fous la paix aux morts !
Maintenant, tu vas redescendre vite fait, tu vas couler des jours heureux et je ne veux plus te voir avant une cinquantaine d'années !
d'accord ?
ouais.
on ne dit pas ouais !
Léo?
Léo!
Léo?
Léo?

本艶
葉
Monsieur Léo !
Filez-lui une trempe, mademoiselle, ca va le secouer...
Une trempe, je vous dis... Il n'y a rien de meilleur...
久
Monsieur Léopold
満...
Non, pas de bisous, une bonne trempe à l'ancienne...
Comme ma maman...
...Vous voulez que je le fasse ?
Mmmh... Monsieur Léopold
喜
Bazar, c'est qu'il clamserait, le bougre !
艶本
歌満
Tiens ...non.

j'aurais pourtant juré qu'avec une trempe ...
Bon et bien je vais vous laisser ...
...et chercher un moyen de locomotion ... on va pas moisir ici ...
Mmmm. 本艶 Léo
C'est étrange, il y a de la lumière ...
mmh ...
婦舞
ZZZZZZRK
Nom de Dieu! Jésus, Marie, Joseph ...
...et tous les saints du Paradis ...
...ainsi que les démons du troisième ordre!

Minet, KiKi, Maurice... vous êtes là ?...
MAIS... sacré milliard ...Oooh non... ?!
Milliard de milliard de ...
Hmm... hmm...
Restez pas planté là ! ... Rappliquez-vous ! ...Vite !

Allons, sois gentil... fais encore un geste...
D'accord, mais après ça fini! Hein! Qu'il se débrouille! ...
Vous arrivez, oui ou merde?
Messieurs, à vous de jouer ...

Alors... moi... j'ouvre la porte...
...et soudain, l'Horreur...
hein ...
...mon sang ne fait qu'un tour...
Ooh ...
...pas banal me dis-je ...
...du sang partout ...
Hé,
!
Regardez
je bondis comm Tigre
OOOuiii

?
Il bouge !
Tarzan aussi !
C'est un miracle ...
... mon Maurice ... tu m'as reconnu ...
Qui a bien pu leur faire ça ?
... Je sais pas.
... ça m'a tout l'air d'être une affaire classique de scientifique déséquilibré ...
Il faudra que j'en parle à mon frère qui est dans la police.
Bon. Et bien, je retourne sur la berge...
Et vous ?
Parce que j'ai trouvé une barque... alors, si ça vous dit...
... elle était là... toute seule ...
Ces gens de la campagne sont beaucoup trop confiants.

Euh... je vous conduit de quel côté ?
喜
Pout
Pout
果
男
舞
Pout
Pout
Ploup
floc
flic
floc
flic
...
Gisèle ?

Gisèle?...

Epilogue

D·M·
MARQUE DE FABRIQUE DE
SPÉCIALITÉ DE COULEURS
ARTICLES DE RAMIE
POUR
OUVRAGES COUDRE
CI-DEVANT DOLLFUS-MIEG

Patisserie
JOUETS
5
HOTEL
Auberge du beau rivage
chica chica... Aïe Aïe...
猛爆

Tchicachica... Aïe Aïe Aïe...
clic
clic
clic
clic
clic
Micoco... mi Corrazon...
Beau-RI

FiN

Archives

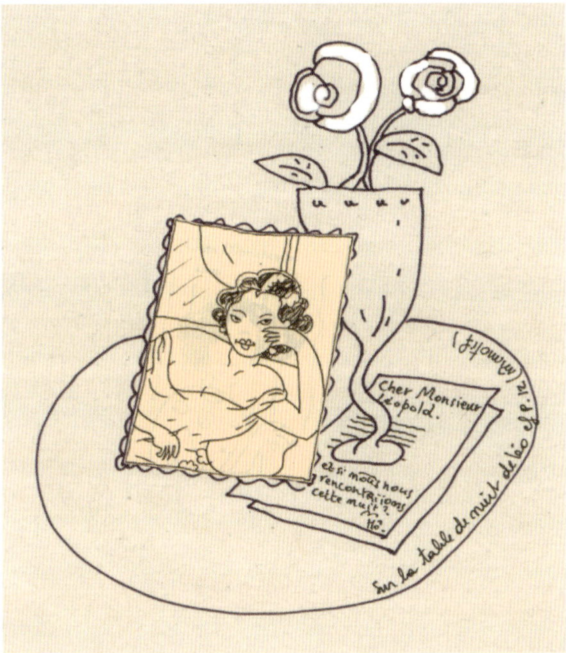
Cher Monsieur
Léopold.
et si nous nous
rencontrions
cette nuit ?
Léo.
Sur la table de nuit de Léo

1er décembre 2001
2

Mantegna 112

GD 311

GD313

Paon
J B OUDRY

Mantegna
112

P 452

demon of Nature
(334) →

ARMURE
Mantegna 127

370

"La Pêche" 367
368
TITRE :
idem
PÊCHE

Fig. 1
MELANOCETUS JOHNSONII

Fig. 2
ARGYROPETIENS AFFINIS

Fig. 3
MELANOCETUS JOHNSONII

Prolégomènes
Le Village
on ne voit ni la Meuse... ni l'hôtel :
juste plan du village.
Nuage
CRÔA
Montage de l'hameçon
vent
Sabac
Articles de Pêche
Kiki !
Disparu !

ici c'est l'éclusier !
?
?!!
HÂÂÂÂÂ!
HAAA...
62

4. 5. 2001
Bien sûr, tu m'as oublié, tu penses, après quarante ans... mais...
pas complètement : dans les abysses insondables de ton inconscient...
là, tu te sais coupable d'1 crime, Léopold ! t... as mangé ton frère !
tu me suis toujours ?
Voix off qui continue à expliquer...
63

4. 5. 2001
Bon, tu m'as mangé, d'accord... mais à force de tenter de réparer ça, de combler de tout prix ce que tu as "enlevé", crois-moi Léo, tu commence à faire des dégâts !
Regarde ces pauvres petites bêtes, ce que tu leur fais subir, et maintenant, tu enlève une femme... même si elle trouve ça romantique, il faut que ça s'arrête !
mais... ce n'est...
je... je n'ai jamais fait tout ça !
Ah non... et bien tu vas voir si tu n'as pas fait tout ça !...
HA !
bcp d'animaux hybrides !
64

Labo-2.

16-4-2001

Le château d'H_2o

*collection d'objets hybrides.

les bottes

M.S. 2001

Léopold commet ses exactions.

barque boueux.

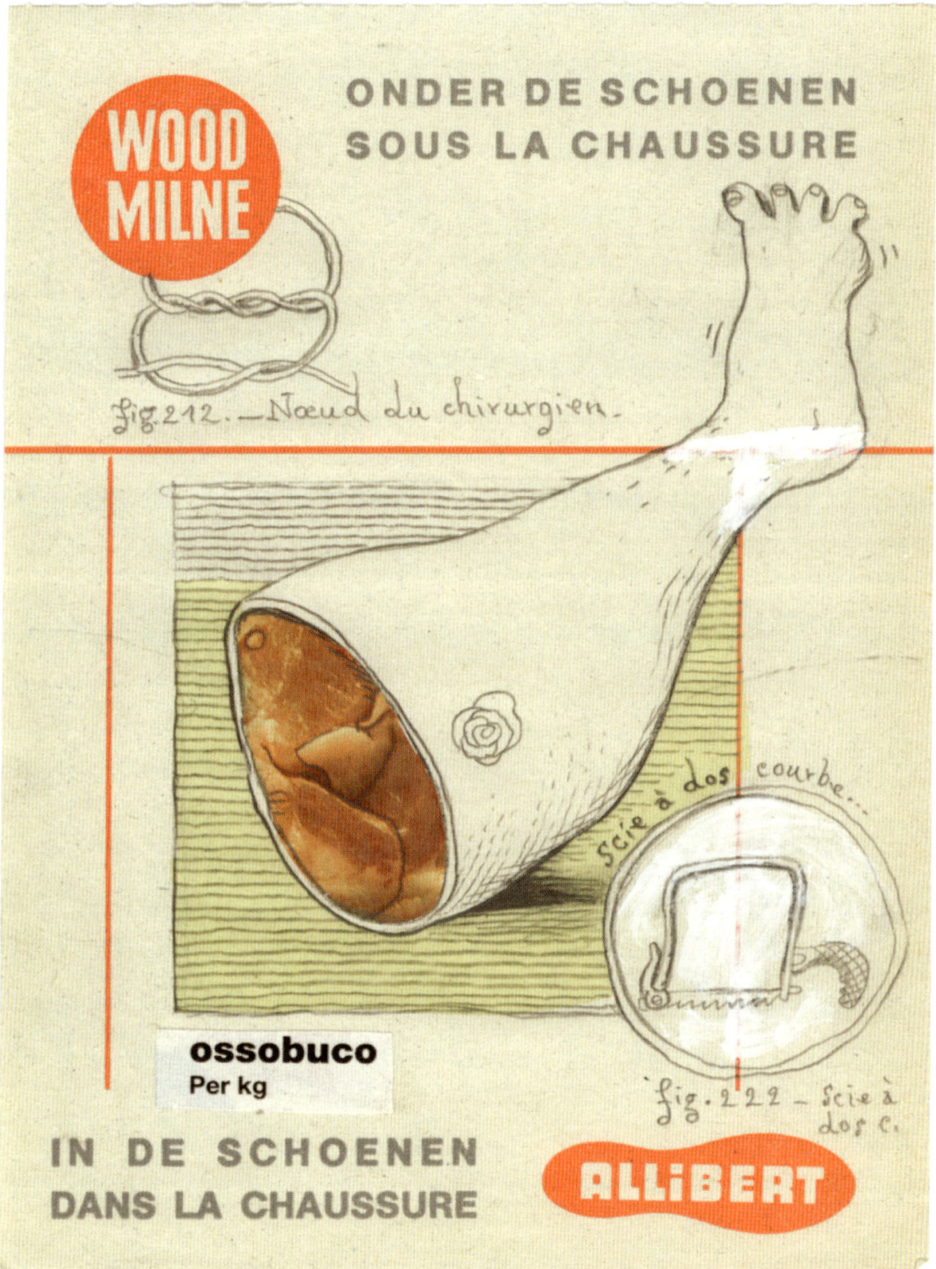
ONDER DE SCHOENEN
SOUS LA CHAUSSURE
WOOD MILNE
fig. 212. — Nœud du chirurgien.
Scie à dos courbe...
ossobuco
Per kg
fig. 222 – Scie à dos c.
IN DE SCHOENEN
DANS LA CHAUSSURE
ALLiBERT

DISCOVER

Dans la même collection

À travers moi
de Thomas Cadène

Le Cadavre et le Sofa
de Tony Sandoval

Dikhil
de Joël Alessandra

Les Isolés
de Alexandre Franc

Kamila
de Cmax